4

ORIGINAL: EZOGINGITUNE
(GA NOVEL/SB CREATIVE)
ZEICHNUNGEN: CHACO ABENO
PANELENTWÜRFE: KITSUNE TENNOJI
CHARAKTERENTWÜRFE: DEECHA

ICH KÄMPFTE ZEHN JAHRE ZWISCHEN DEN DIMENSIONEN

UND KEHRTE ALS LEGENDE ZURÜCK

INHALT

ICH KÄMPFTE ZEHN JAHRE ZWISCHEN DEN DIMENSIONEN UND KEHRTE ALS LEGENDE ZURÜCK BAND 4

KAPITEL 10

JA... ANSCHEI-NEND WURDE DER HEILIGE BANNKREIS SCHON ZER-STÖRT.

!!

HAST DU DIESEN SELTSA-MEN DRUCK EBEN AUCH GESPÜRT?

WOOOOAAAH!

JA!!

LUCK UND DIE ANDEREN SIND IN GEFAHR!! BEEILEN WIR UNS!!

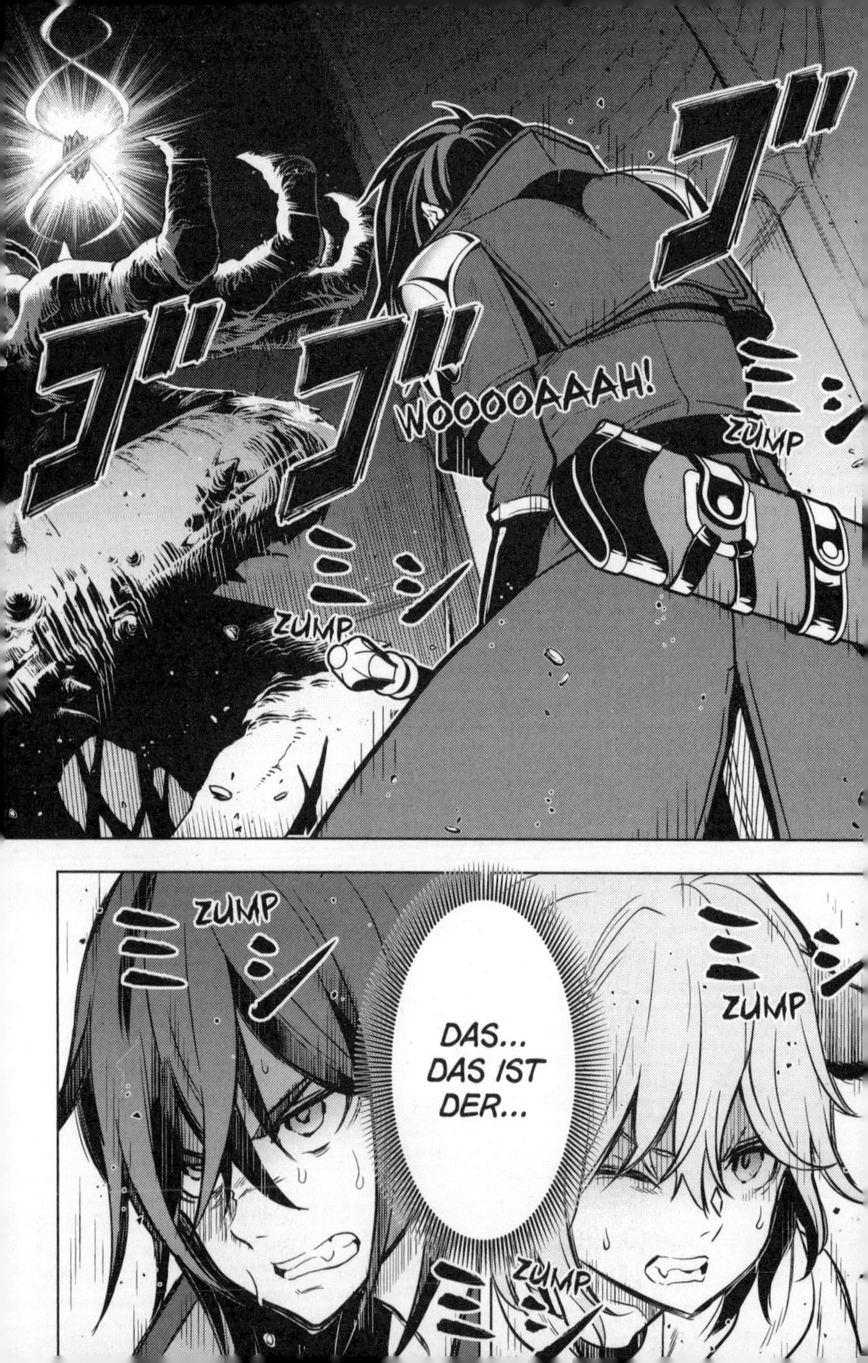
ZUMP
WOOOOAAAH!
ZUMP
ZUMP
ZUMP
DAS... DAS IST DER...
ZUMP

ゴ゛ ゴ゛

ミシ
ZUMP

ミシ
ZUMP

BZZZ

BZZZ

... „BEI-
STAND DER
SCHATTEN-
GÖTTER"!?

DER „BEISTAND DER GÖTTER" TRIFFT STETS DIE STÄRKSTEN AM HÄRTESTEN.

DU KANNST DICH NICHT BEWEGEN.

IM UMKEHRSCHLUSS HEISST DAS ABER...

DAHER SIND MIR UND DEN VAMPIRLORDS IN DER „KÖNIGSSTADT DIE HÄNDE GEBUNDEN.

UND DICH HABEN SIE WOHL SEHR INS HERZ GESCHLOSSEN.

ARGH

NG!

... DASS DIE LIEBLINGE EURER GÖTTER BESONDERS VOM „BEISTAND DER SCHATTENGÖTTER" GEHEMMT WERDEN.

STAMPF

ABER, EURE HOHEIT!!

BRINGT MIR EINEN NEUEN STAB!

WAS WÄREN WIR FÜR EINE HEILIGE KIRCHE, WENN WIR IHNEN JETZT KEINEN GÖTTLICHEN BEISTAND ZUKOMMEN LASSEN!?

KÖNIG ERIK UND DIE ANDEREN KÄMPFEN, UM UNSER REICH ZU SCHÜTZEN.

MIR IST EGAL, OB ICH ALLEIN WEITERMACHEN MUSS. ICH HÖRE NICHT AUF!

HA, HA!

SIE IST IMMER NOCH DIE ALTE.

JAWOHL!!

OH!

DER GÖTTLICHE BEISTAND WIRD IHNEN EINHEIZEN!

AUF GEHT'S!

WIR FOLGEN EUCH, KÖNIGIN LEVI!

ABER SIE IST IMMER NOCH LEVI ARDENNES, DIE „MÄCHTIGSTE ALLER HEILIGEN"...

SIE IST ERWACHSENER GEWORDEN, SEIT SIE KÖNIGIN IST.

JAWOOOHL!

OBERPRIESTERIN!

DIE „JUNGFRAU MIT DER DRACHENFAUST".

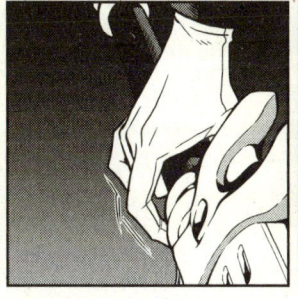

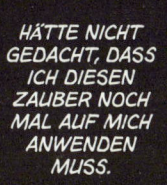

HÄTTE NICHT GEDACHT, DASS ICH DIESEN ZAUBER NOCH MAL AUF MICH ANWENDEN MUSS.

„MARIO-NETTE"...

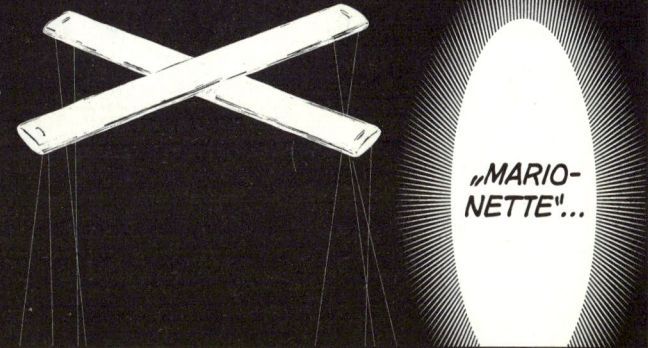

ABER ES GIBT KEINEN ANDEREN WEG, MEINEN EIGENTLICH ERSTARR-TEN KÖRPER WIEDER IN BEWEGUNG ZU SETZEN.

MEIN GAN-ZER KÖRPER ÄCHZT UNTER DER LAST UND IST ZUM BERSTEN GESPANNT.

DA MUSS ICH HIN!

ER IST DIE ENERGIE-QUELLE!

DIESER KRISTALL!

FINGER WEG!!

DOOSH

TZ!

LECK

RUTSCH

WHUMP

AHHH!

DRECKS-
KÖTER!

NOCH EIN SCHRITT!

JETZT ODER NIE!

DANKE, SHIA! DAS IST MEINE CHANCE!

JETZT!

GRAP

NICHT SO
SCHNELL!

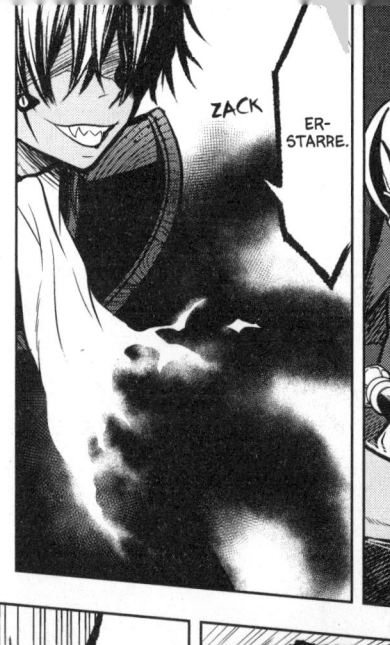

ZACK

ER-
STARRE.

!!

KRRRRK

JETZT
WIRST
DU ZER-
QUETSCHT!!

SWOOSH

WHOM

ZACK

ICH
HALTE DIR
DEN RÜCKEN
FREI, LOCK!!

ZACK

SHIA
!!

ICH VERLASS MICH AUF DICH!

KLAR!

WAS?

GRAP

-OOOOH!

ICH MUSS SEINE VERTEIDIGUNG DURCHBRECHEN!!

IM INNEREN
DIESES BANN-
KREISES GELTEN
ANDERE REGELN.

VERGISS
ES!

HÖR AUF
ZU QUAT-
SCHEN...

DU HAST
NICHT DEN
HAUCH
EINER
CHANCE!!

DEINE ZAU-
BER MACHEN
UNS SCHAT-
TENWESEN
NUR NOCH
STÄRKER.

... UND
SIEH DIR
LIEBER...

...
DEINE
HAND
AN!

!?

SPLISCH

... SIE
SCHWIN-
DET...!!

DIE KRAFT
DES BANN-
KREISES...

EIN
HEILI-
GER
BANN-
KREIS!?

WIE
KANN
DAS
...!?

WER
KOMMT
AUF
SOLCHE
IDEEN?

EIN
DERART
ÖRTLICH
BEGRENZ-
TER HEILI-
GER BANN-
KREIS...!!

LÄ-
CHER-
LICH!

ZEIT ZU
STERBEN!

GENUG
GELA-
BERT!

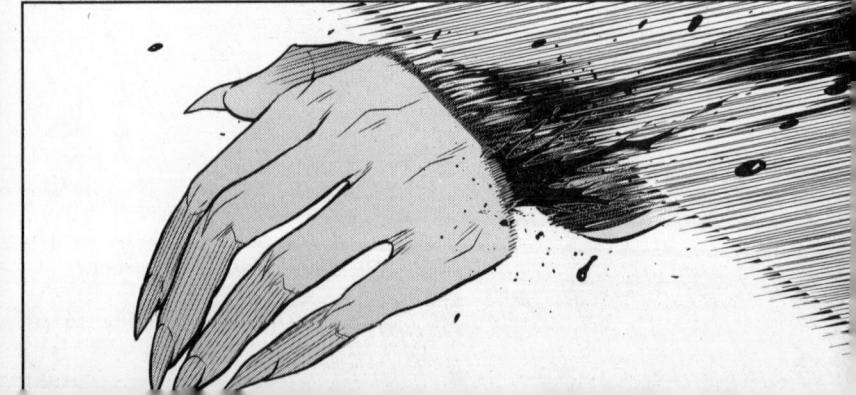

!!

... DIE DAZWI-SCHEN-GEFUNKT HAT!

DU WARST ES ALSO...

DAS WERDET IHR NOCH BEREUEN!

TZ!

BRÖSEL

SQEEEK

SQEEEK

GACK

IHR SEID DRAN, GERBER-GA!

...

AH...

コケコッコー

KIKERIKI

... ALSO
MEIN
ENDE
SEIN...

DAS
WIRD...

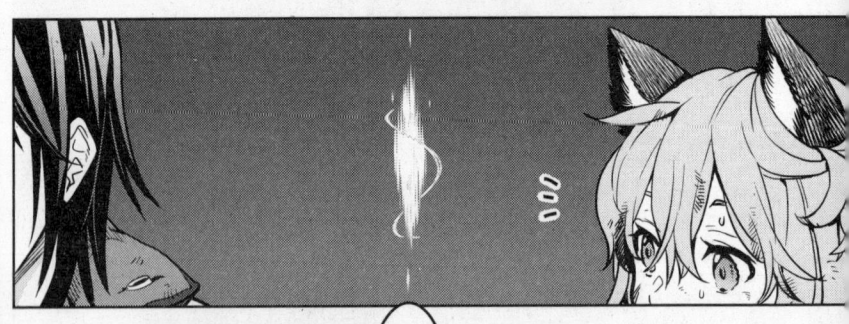

BRÖCKEL

JA.

ICH WEISS SCHON.

DIREKT HINTER DIR...

LOCK, DA WAR EBEN EINE FRAU IM PRIESTERGEWAND...

DAS WAR LEVI.

PUH!

DER VAMPIR-KÖNIG IST BESIEGT.

DIE NACHT IST ENDLICH VORÜBER.

KONNTE ICH MICH DAMIT ENDLICH EIN WENIG REVANCHIEREN?

LUCK...

LUCK!!

...

DAS IST ALSO DER VAMPIR-KÖNIG.

OH!

INZWISCHEN NUR NOCH VAMPIR-KOHLE, WAS?

NEIN, ALLES OKAY!

BIST DU VER-LETZT?!

DAS WAR ALSO DER »BEISTAND DER SCHATTENGÖT-TER«?

EIN TEIL DES KERNS.

ICH HABE VON WEITEM EINE UN-HEILVOLLE MAGIE GE-SPÜRT...

GERBERGA GEHT'S AUCH GUT.

GACK

SO MÄCHTIGE MAGIE...

WIRKLICH?

ICH KONNTE MICH NICHT BEWEGEN, DAS WAR ECHT HEFTIG.

DA WAR SCHON EIN SELTSAMER DRUCK, ABER AM LAUFEN HAT DER EINEN NICHT GEHINDERT.

HM...

?

HABT IHR DENN BEI EUCH NICHTS GEMERKT?

HAST DU MAGIEGESCHOSSE ABBEKOMMEN?

ACH WAS, HALB SO WILD!

TUT ES SEHR WEH?

OH NEIN!

SHIA, DU BIST JA VERLETZT!!

DIE WIRKUNG SCHEINT ÖRTLICH BEGRENZT ZU SEIN...

SIND NUR EIN PAAR KRATZER!

LUCK HAT ALLE MEINE LEBENSWICHTIGEN ORGANE MIT SEINER MAGIE GESCHÜTZT.

ACH NEIN...

TUT MIR LEID. ICH HÄTTE GERN DEINEN GANZEN KÖRPER GESCHÜTZT, ABER ICH KONNTE INNERHALB DIESES BANNKREISES NUR EINE KLEINE BARRIERE ERRICHTEN.

MIR TUT ES LEID, DASS DU MICH ÜBERHAUPT SCHÜTZEN MUSSTEST.

ICH HÄTTE DICH GERN KOMPLETT ABGESCHIRMT.

WAHNSINN, DASS IHR ES TROTZ DIESES MÄCHTIGEN BANNKREISES GESCHAFFT HABT, DEN VAMPIRKÖNIG ZU VERNICHTEN!

?

UM GENAU ZU SEIN, DIE EINER KRIEGSGÖTTIN...

WIR HATTEN GÖTTLICHE UNTERSTÜTZUNG...

ERIK!

ALLES KLAR.

SAG IHR, SIE HAT MIR SEHR GEHOLFEN.

KANNST DU LEVI MEINEN DANK AUS-RICHTEN?

ICH WUSSTE GAR NICHT MEHR, WIE ES SICH ANFÜHLT, UNTERSTÜTZUNG ZU HABEN.

IN MEINEN ZEHN JAHREN IM DIMENSIONSSPALT HABE ICH IMMER ALLEIN GEKÄMPFT.

EIN **GUTES** GEFÜHL, WENN MAN IM KAMPF GEFÄHRTEN HINTER SICH HAT...

SAGT MAL...! WAS IST DAS HIER EIGENTLICH FÜR EIN KÄFIG?
ACH JA!
DA WAR WAS.
ぐガー
CHRRR
EIN WOLF.
RIESENVIEH!
JEPP, EIN WOLF.
DER WACHT GAR NICHT AUF...
NA, VERMUTLICH WEGEN DEINER SCHLAFWOLKE, ODER?

JA, IRGEND-WIE...

SHIA...

MEINTEST DU NICHT VORHIN, DASS ER DIR BEKANNT VORKOMMT?

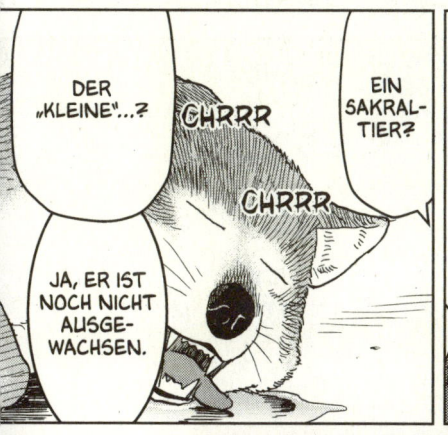

DER „KLEINE"...?

CHRRR

EIN SAKRAL-TIER?

CHRRR

JA, ER IST NOCH NICHT AUSGE-WACHSEN.

DER KLEINE IST EIN SAKRAL-TIER.

JETZT HAB ICH'S!

WIR RES-PEKTIEREN UND EHREN EINANDER.

WOLFSSAKRAL-TIERE HABEN DIE GLEICHEN VORFAHREN WIE WIR VOM BESTIENVOLK. SIE EXISTIEREN SCHON SEIT DEM ZEIT-ALTER DER GÖTTER.

NEIN, KEINE.

ABSOLUT NICHT.

GACK

ALSO BESITZEN SIE GÖTTLICHE FÄHIGKEITEN WIE GERBERGA?

ACH!

ABER SIE SIND ÜBERAUS SCHLAU UND VERSTEHEN ALLES, WAS MAN IHNEN SAGT. UND SIE WÜRDEN NIE EINEN MENSCHEN ANGREIFEN.

SHOOM

AUFHEBUNG

STIMMT!

DER ARME!

DANN SOLLTEN WIR IHN WOHL BEFREIEN, ODER?

HAH!

DU KANNST RAUSKOMMEN.

KLACK

HÄ?

KNURRRRR

SCHLEICH

GROOOAAARRR

がぅ がぅ がぅ

GROOOAAARRR

ICH DACHTE, ER WÜRDE KEINE MENSCHEN ANGREIFEN!?

HMZ

DIESER MENSCH HAT DICH GERETTET!!

DIE VAMPIRE SIND WEG!

HEY! BERUHIG DICH!!

DU MUSST DICH NICHT MEHR FÜRCHTEN.

FIIIIEP

ER MUSS SCHRECKLICHE ANGST GEHABT HABEN.

ちーん

KAUER

TIEFE VERBEUGUNG

WARUM VER- BEUGEN SICH IN LETZTER ZEIT STÄNDIG ALLE VOR MIR?

すご

WANK

WANK

すっ

42

DA ER UND DAS BESTIENVOLK DIE GLEICHEN VORFAHREN HABEN, HABEN DIE VAMPIRE IHN SICHER GEFANGEN GENOMMEN, UM EXPERIMENTE AN IHM DURCHZUFÜHREN.

GENAU WIE WIR VOM BESTIENVOLK KÖNNEN SAKRAL-TIERE NICHT VON VAMPIREN BETÖRT ODER ZU IHREM GEFOLGE GEMACHT WERDEN.

WUFF

ABER KEINE MENSCHEN ANFALLEN, KLAR?

WUFF

JETZT BIST DU FREI. DU KANNST GE-HEN, WOHIN DU MÖCH-TEST.

TAP

TAP

TAP

TAP

MITSAMT IHREM ANFÜHRER, DEM VAMPIRKÖNIG!

DIE ÜBLEN KREATUREN DER SCHATTEN, DIE SICH HIER EINGENISTET HATTEN, WURDEN BESIEGT!

HUI

... HABEN WIR ALLE GEMEINSAM ERRUNGEN!!

DIESEN SIEG...

... HABEN GESIEGT!!

WIR...

ERHEBT EURE STIMMEN!!

SEID STOLZ AUF EUCH!

WAU! WAU!

わんわ〜ん

わお〜ん

OHHH!!

お〜ん

UND SO MACHTEN WIR UNS AUF DEN RÜCKWEG ZUR KÖNIGSSTADT.

HM...

ER IST DIR SICHER DANKBAR DAFÜR, DASS DU IHN GERETTET HAST.

...

ICH GLAUBE, WIR WERDEN VERFOLGT.

DU KANNST TUN UND LASSEN, WAS DU WILLST.

DU BIST JETZT FREI.

HE!

'''

HECHEL

HECHEL

HECHEL

WUFF

WIRK-LICH?

JA, ER KANN TUN, WAS ER MÖCHTE, UND ANSCHEINEND MÖCHTE ER DIR FOLGEN.

HM...

ER IST DOCH AUCH GANZ ALLEIN AUF DIESER WELT.

WARUM DENN NICHT, LUCK?

HECHEL

HECHEL

WEDEL

HECHEL

WEDEL

WILLST DU WIRKLICH MIT MIR KOMMEN?
WUFF
WUSCHEL
WUSCHEL
WUSCHEL
NA GUT!
DANN BIN ICH AB HEUTE DEINE FAMI-LIE.

WUFF

ACH, WIE SCHÖN!

SCHLECK

SCHLECK

HA HA HA

IN DER KÖNIGS-STADT...

V
A
T
E
R
!!

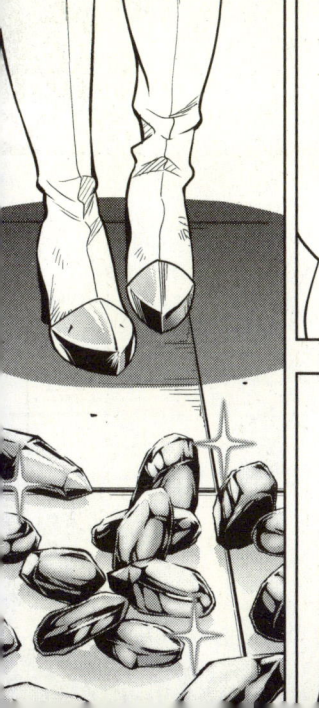

OH JA! DAS GLEICHE GILT FÜR EUCH.

VATER, ICH BIN SO FROH, DASS IHR UNVER-LETZT SEID.

DAS HABEN WIR CELERISE UND LUCILLA ZU VERDAN-KEN. SIE HABEN UNS BESCHÜTZT.

UND FÜNFZEHN VON IHNEN HABEN WIR ERLEDIGT.

STIMMT.

ODER?

UNGEFÄHR ZWANZIG HABEN UNS ANGEGRIFFEN.

SIND DAS ALLES MAGINITEN DER VAMPIRE?

GANZ SCHÖN VIELE.

ACH WAS, WAREN NUR UNTERKLASSE-VAMPIRE.

DAS HABT IHR TOLL GEMACHT!

DAS... SIND WIRKLICH VIELE!

...!!

... SIND ABER AUCH WELCHE VON HÖHERKLASSIGEN VAMPIREN DABEI.

HIER...

?

WAS?!

DAS WAREN ALSO HÖHERKLASSIGE!?

JETZT, WO DU ES SAGST... DA WAREN SCHON ETWAS STÄRKERE UNTER IHNEN.

HAB SIE BESIEGT, BEVOR SIE SICH VERWANDELN KONNTEN. DESWEGEN IST MIR DAS GAR NICHT AUFGEFALLEN.

ÄH...

JA.

MAN MERKT, DASS DU GOLANS TOCHTER BIST!

„ETWAS STÄRKERE", SAGT SIE!

PFF!

?

AH...

CELERISE... HÖR ZU, ICH...

TOLL GE-MACHT!

THEORETISCH KÖNNEN HÖHER-KLASSIGE VAMPI-RE NICHT IN DEN BANNKREIS DER KÖNIGSSTADT EINDRINGEN UND DOCH HABEN SIE ES GESCHAFFT...

... WIRK-LICH EINE ERNSTE ANGELE-GENHEIT.

ABER DAS IST...

DAS SICHER-
HEITSKONZEPT
DES PALASTES
MUSS KOMPLETT
NEU ÜBERDACHT
WERDEN.

JA, IRGENDWIE
HABEN SIE ES
GESCHAFFT, DEN
GÖTTLICHEN
BEISTAND ZU
UMGEHEN.

HM?

WIE WÄRE
ES DENN, DIE
REIHEN DER
WACHEN MIT
LEUTEN AUS
DEM BESTI-
ENVOLK ZU
VERSTÄRKEN?

!!

SIE LASSEN
SICH VON VAM-
PIREN NICHT
BETÖREN ODER
ZU UNTERTANEN
MACHEN. UND WIR
HABEN IMMERHIN
GERADE EINEN
KAMPF GEMEIN-
SAM ERFOLGREICH
BEENDET.

LUCK, WAS WÜNSCHST DU DIR?

UND WO WIR SCHON BEI BELOHNUNGEN SIND...

ICH?!

ICH SOLLTE SOFORT EINEN BOTEN AUSSENDEN, DER DEM BESTIENVOLK EIN ANGEBOT MACHT. UND EINE ENTLOHNUNG FÜR IHRE TEILNAHME AN DIESEM KAMPF STEHT IHNEN NATÜRLICH AUCH ZU.

VERSTEHE...!!

ACH...

DAS BESTIENVOLK BEKOMMT AUCH EINE BELOHNUNG...

EIGENTLICH NICHTS...

SCHLIESSLICH HAB ICH JETZT EINE FAMILIE.

ぐい

GRAP

AH, DOCH!

KAPITEL 11

BRUTZEL

BRUTZEL

くーーーう

KNURR

GRUMMEL

GRUMMEL

SCHLÜRF

SCHLÜRF

...

KNURR

WIDERLICH!

にがっ

BÄH!

BÄH!

BÄH!

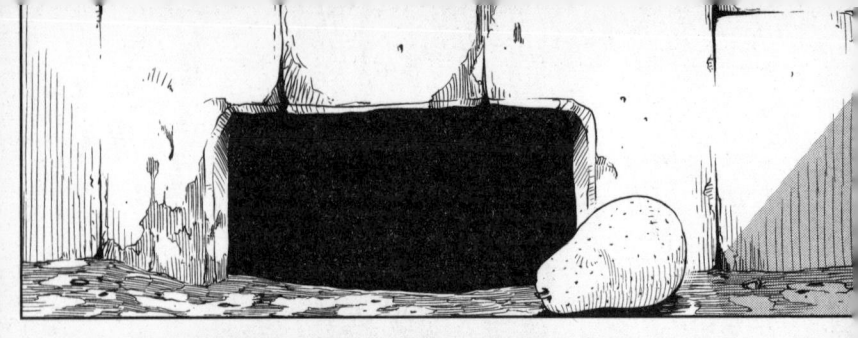

TAP
TAP
TAP
TAP

WOW!

SIEHT JA ZIEMLICH SCHICK AUS.

DAS IST DAS HAUS, IN DEM ERIK EUCH WOHNEN LÄSST?

IST DOCH MEGA ANSTRENGEND, DAS SAUBER ZU HALTEN...

BIST IMMERHIN EIN GROSSHERZOG!

WAS? EHER ZU KLEIN, ODER?

VIELLEICHT EIN BISSCHEN ZU GROSS?

ALS ADLIGER KANNST DU DIR DOCH MINDESTENS EIN ODER ZWEI LEHRLINGE LEISTEN.

SUCH DIR HALT ANGESTELLTE ODER LEHRLINGE!

HM...

WAS IST EIN LEHRLING?

WIR HABEN AUCH DREI LEHRLINGE BEI UNS IM HAUS. ALLERDINGS BEGLEITEN SIE MAMA GERADE AUF IHRER DIENSTREISE.

ACH SO!

MAN SORGT FÜR SIE UND IM GEGENZUG HELFEN SIE IM HAUSHALT.

QUIETSCH

SIE GEHÖREN QUASI ZUR FAMILIE, NUR DASS SIE KEINEN ANSPRUCH AUFS ERBE HABEN.

WÄRE DAS IN ORDNUNG FÜR DICH, LUCILLA?

J-JA!!

DIE FORMALITÄTEN SIND SEHR VIEL UNKOMPLIZIERTER ALS BEI EINER ADOPTION.

VIELLEICHT SOLLTEST DU DEIN NEUES FAMILIENMITGLIED LUCILLA EINFACH ZU DEINEM LEHRLING MACHEN, DAS IST EINFACHER.

... EINE GROSSE EHRE.

ZU DEINER FAMILIE ZU GEHÖREN WÄRE MIR...

IRGEND-WER MUSS JA AUCH KOCHEN.

NOCH ZWEI ODER DREI ZUSÄTZLI-CHE LEUTE WÄREN IDEAL.

ÄH...

ÜBERLASS MIR DIE KNOCHEN-ARBEIT!

OKAY.

BIN SCHLIESS-LICH DEINE SCHÜLERIN!

DAS WÄRE KLASSE!

ICH HELF GERN BEIM SAUBERMA-CHEN.

ALLES
KLAR!

ICH HÄTTE
GERN DIESES
ZIMMER,
LUCK.

GACK

GEH NACH
HAUSE, DA
HAST DU
DOCH EINS!

UND ICH
NEHM
DIESES
ZIMMER!

KLACK

ES IST TOLL. ERIK HAT DAS HAUS KOMPLETT EINGERICHTET.

WIE FINDEST DU DAS HAUS?

LUCK...

ガコ RUCK "!

AUSSER-DEM...

... HABEN WIR EINEN SUPER-GROSSEN GARTEN.

GARB IST ÜBER-GLÜCKLICH.

AH, DU HAST ALSO EINEN NAMEN BE-KOMMEN!

TOLL!

WUFF

GARB?

DEN BÜCHERN ZUFOLGE GE-HÖRTE ES WOHL EINER BARONIN, DIE VERSTARB, OHNE NACHKOM-MEN ZU HIN-TERLASSEN. AUS IRGENDEINEM GRUND WURDE ES VON DER KÖNIGSFAMILIE VERWALTET.

KAUM ZU GLAUBEN, DASS ES IN DER UN-MITTELBAREN NÄHE DES KÖ-NIGSPALASTES SO EIN SCHÖNES LEER STEHEN-DES HAUS GAB.

ICH GLAUBE, ICH WERDE MEIN ZIMMER IM TURM EIN- RICHTEN.

HAT BE- STIMMT JEMAND MIT EINEM FAIBLE FÜR TÜRME GEBAUT.

ABER DIESER WACHTURM...

...

... ABER ICH LASS DAS NOCH MAL VON DER GILDE UNTER- SUCHEN.

OKAY...

ICH GLAUB ZWAR NICHT, DASS ERIK DIR IRGENDEIN SELTSAMES ANWESEN ANDREHEN WÜRDE...

... IST DER NICHT EIN BISSCHEN ZU GEWALTIG FÜR DAS AN- WESEN EINER BARONIN?

CHRRR

NG...

STUPS

STUPS

LOCK!

LOCK!

GACK

DA WAR EIN SELTSAMES GERÄUSCH.

ÄHM...

ICH BIN WACH GEWORDEN, WEIL ICH ZUR TOILETTE MUSSTE.

SOGAR MIT GERBERGA?

FLAPP

FLAPP

WAS GIBT'S DENN, LUCILLA?

!!

... EINE STIMME.

JA. WENIGER EIN GERÄUSCH ALS...

EIN SELTSAMES GERÄUSCH?

AUS DEM KELLER...

ES TUT WEH!

MIR GEHT'S NICHT GUT!

HILFE!

GACK
GACK
GACK

DIE STIMME EINES MÄDCHENS, ERFÜLLT VON HASS UND GROLL.

HAST DU MIR EIN GEISTERHAUS UNTERGEJUBELT?

HEY, ERIK!

CHRRRR

POM

JA.

FLAPP

AUS DEM KELLER, SAGST DU?

QUIETSCH

···

TAP   TAP

ES TUT WEH.

AH...

ES TUT WEH.

QUIETSCH

ひ

ガ

チ

SCHRECK

HIL-FE!

KLACK

ポッ

PLOPP

LUCILLA, MACH BITTE LICHT.

PLUMPS

WANK

...

AHHHHH!!

CHRRR

E-EIN GE... GE-SPENST!!

SIEHT NICHT AUS WIE EIN GESPENST.

ICH HOL DICH RUNTER.

SCHAUKEL

HOLT MICH RUNTER!

DAS TUT WEH!

AH!

WIR SOLLTEN SIE DER POLIZEI ÜBERGEBEN!!

DAS IST EINE GEMEINE DIEBIN, LOCK!!

GACK.

TUT MIR LEID, LOCK.

KREISCH

EINE DIEBIN, LOCK, SIE IST EINE DIEBIN!!

ICH DACHTE, DAS HAUS STEHT LEER, UND WOLLTE HIER SCHLAFEN...

UND WAS MACHST DU HIER, MILKA?

DANKE, BRUDER! HAST MICH GERETTET!

ICH BIN MILKA.

MEINE ELTERN SIND SCHON VOR LANGER ZEIT GESTORBEN. MEIN GROSSVATER HAT MICH AUFGEZOGEN, ABER VOR KURZEM IST AUCH ER...

HIER? WO WOHNST DU DENN? UND WO IST DEINE FAMILIE?

MEIN GROSSVATER IST AUF BETRÜGER REINGEFALLEN UND HATTE VIELE SCHULDEN. DESWEGEN HABEN SIE ES EINKASSIERT.

UND WAS IST MIT EUREM HAUS PASSIERT?

HAB DORT HEUTE ZUFÄLLIG EIN LOCH IN DER WAND ENTDECKT. DA BIN ICH REINGEKRABBELT UND IN DIESEM HAUS RAUSGEKOMMEN.

MICH HABEN SIE AUS DEM HAUS GEJAGT, SODASS ICH IN DER KANALISATION GELEBT HAB.

WARTE MAL! MAN KANN VON HIER AUS IN DIE KANALISATION!?

GENAU!

WER HÄTTE GEDACHT, DASS HIER EINE FALLE AUF MICH WARTET!

WARUM FÜHRT EIN GEHEIMGANG ZUM ANWESEN EINER EINFACHEN BARONIN?

WAS HAT DAS ZU BEDEUTEN?

JA, HIER LANG GEHT'S NACH UNTEN.

HIER ALSO?

RICHTIG.

WIR GEHEN RUNTER.

DAS LOCH ZUR KANALISATION MÜSSEN WIR AUF JEDEN FALL SCHLIESSEN.

KOMM MIT, MILKA.

DAS IST HIER DIE FRAGE.

WARUM WURDE DIESER GEHEIM-GANG GEBAUT?

ES WAR KEIN AN-WESEN DER KÖNIGSFA-MILIE.

KLOPF

KLOPF

コッ

コッ

TAP

カッ

TAP

コッ

ICH WERDE SIE ERST MAL PROVISORISCH IN ORDNUNG BRINGEN.

DIE WAND SCHEINT VON ALLEIN EINGESTÜRZT ZU SEIN, WEIL SICH NIEMAND UM DIE INSTANDHALTUNG GEKÜMMERT HAT.

AB HIER BEGINNT DIE KANALISATION.

DEM GERÄUSCH DES WINDES NACH ZU URTEILEN NOCH ZIEMLICH WEIT.

Humm

DER UNTERIRDISCHE GANG GEHT NOCH WEITER.

JA.

ICH HELF AUCH MIT!!

ICH REPARIERE DAS ERST MAL.

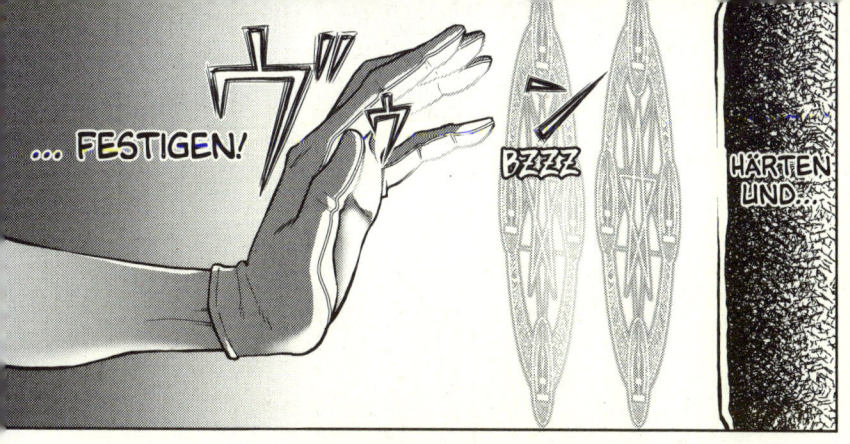

... FESTIGEN!

BZZZ

HÄRTEN UND...

ÄHM... LOCK...

JA?

WIR KAUFEN MORGEN STEINE UND MACHEN DEN REST.

HIER WÄRE ICH VOR REGEN UND WIND GESCHÜTZT UND ES KOMMEN AUCH KEINE GEFÄHR-LICHEN ERWACH-SENEN.

DU WILLST HIER SCHLA-FEN?

IM MO-MENT BENUTZT IHR DEN DURCH-GANG DOCH NICHT, ODER?

WÜRDEST DU MICH VIELLEICHT HIER ÜBER-NACHTEN LASSEN?

VIELLEICHT SIND FALLEN AUFGESTELLT.

WARTE! ICH GEH VOR!

ALLES KLAR!

WIR SOLLTEN ERST MAL SCHAUEN, WOHIN DIESER GANG ÜBERHAUPT FÜHRT.

ICH HELFE EUCH!!

TAP

WIR WISSEN JA NICHT, OB ES HIER SICHER IST.

SEH ICH AUS WIE JEMAND, DER EIN KIND ALS SCHUTZSCHILD BENUTZT?

ABER SONST GIBT ES NICHTS, WAS ICH TUN KÖNNTE.

HÄ...?

LOCK...

DIE REICHEN MACHEN DAS DOCH NORMALERWEISE IMMER SO.

SCHON KLAR.

ICH MACHE ALLES, WAS DU MIR BEFIEHLST.

EIN ABENTEU-
RERVETERAN
WIE ICH TAPPT
NICHT SO EIN-
FACH IN EINE
FALLE.

DU MUSST
DICH NICHT
IN GEFAHR
BRINGEN.

PAT

RANG F??
WAHNSINN!!

JA, EIN
ABENTEU-
RERVETER-
AN VOM
RANG F!

DU BIST
EIN ABEN-
TEURER-
VETERAN,
LOCK?

WOW!

GRINS

BEI MILKA KANNST DU DEINEN STANDARD-WITZ NICHT BRINGEN, LOCK. SIE NIMMT DAS TOTAL ERNST.

GRINS

?

PRUST

3°

HI! HI! HI!

AUFGELAUFEN...

HRM...

ALLES KLAR, LOCK VOM RANG F!!

WEITER GEHT'S!

MILKA, VERGISS DAS MIT DEM RANG F, OKAY?

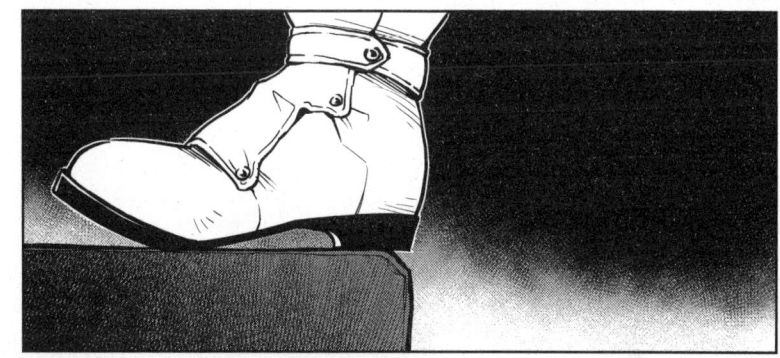

ICH GLAUBE, ICH WEISS JETZT, WO-HIN DIESER GANG FÜHRT.

ES GEHT GANZ SCHÖN WEIT NACH OBEN.

ES GEHT NICHT WEITER.

EINE SEHR STARKE BARRIERE.

HIER VERSPERRT UNS MÄCHTIGE MAGIE DEN WEG.

ICH DENKE, MIR IST GERADE WAS EINGEFALLEN.

WARUM WIRD AN EINEM ORT WIE DIESEM SO MÄCHTIGE MAGIE ANGEWENDET...?!

SEHR SPANNEND.

SO STARK?!

ALS WÜRDE MAN VERSUCHEN, IN DIE KÖNIGLICHE SCHATZKAMMER EINZUDRINGEN.

ANALYSE

SCHAUEN WIR MAL, OB ICH RICHTIGLIEGE.

WOW!

ER HAT SECHS MAGISCHE SCHLÖSSER AUF EINMAL GEKNACKT...!!

?

ZACK

ZURÜCKVER-FOLGUNG

ZACK

KRACK

AUFHE-BUNG!!

PLOPP

KRACK

NUR EINE
GEWÖHN-
LICHE
MAUER.

KLOPF
KLOPF

NOCH
EINE
WAND...?

IIIII-
AAAAH!!

POM

ZISCH

URGS!

GNIZP

NANU!

HAB ICH DOCH RICHTIG GEHÖRT! DA WAREN STIMMEN AUF DER ANDEREN SEITE DER WAND!

BIST DU DAS, LUCK?

ÄH, JA... HALLO, LEVI!

DASS DIESER GANG TATSÄCHLICH BIS HIERHIN FÜHRT!

ALSO DOCH! DER KÖNIGSPALAST!

LÄSST DU UNS REIN? DANN ERKLÄR ICH DIR ALLES.

WAS MACHST DU DENN DA DRIN?

WAS MEINST DU?

BEIM KAMPF GEGEN DEN VAMPIR-KÖNIG HAST DU...

ABER LASS MICH DIR ERST MAL RICHTIG DANKEN!

WIE BITTE?

DAS HAUS, DAS ERIK MIR ÜBERLASSEN HAT, BESITZT EINEN GEHEIMEN GANG, DER HIERHER ZUM KÖNIGSPALAST FÜHRT.

?

ÄH...

...

MEIN SCHLAF-ZIMMER IST GLEICH NEBENAN.

WAS HEISST: WANDERN?

JA, ABER TROTZ-DEM...

?

ICH WEISS, WIR HÄTTEN WIRKLICH NICHT MITTEN IN DER NACHT HIER REINPLATZEN SOLLEN. FINDEST DU ES NICHT TROTZDEM ETWAS UNPAS-SEND FÜR EINE KÖNIGIN...

NORMA-LERWEISE SCHLAFE ICH NACKT.

AUSSER-DEM HABE ICH HEUTE NOCH VER-GLEICHS-WEISE VIEL AN.

N-NACKT!?

...IN SO EINEM AUFZUG DURCH DEN PALAST ZU WAN-DERN?

AUSSER VIELLEICHT, DASS DU AUF EINMAL TOTAL JUNG GEWORDEN BIST!

WAS SOLL DAS?!

NA, DU HAST DICH JA WOHL AUCH NICHT VERÄNDERT!

BITTE?

DU HAST DICH ECHT KEIN BISSCHEN VERÄNDERT: IMMER NOCH KEINERLEI SCHAMGEFÜHL.

DU HAST DOCH ZUSAMMEN MIT CELERISE DEN KÖNIGSPALAST VERTEIDIGT...!?

LUCILLA...?

DEINE KINDER?

UND WER SIND DIE BEIDEN?

VON WEGEN!

DAS SIND LUCILLA UND MILKA.

E-ES FREUT MICH SEHR, EURE HOHEIT!!

DAS WARST DU DOCH, ODER?

ICH MÖCHTE DIR IM NAMEN ALLER BEWOHNER DES PALASTES MEINEN DANK AUSSPRECHEN.

ICH DANKE DIR, LUCILLA!

ICH HABE GEHÖRT, DASS DU DICH GANZ ALLEIN DURCH-GESCHLAGEN HAST, UM DEN GÖTTLICHEN GOCKEL ZU BESCHÜTZEN.

GACK

ACH, NEIN... IM PRINZIP HAT CELERISE DOCH FAST ALLES GEMACHT...

DU KANNST UNS JE-DERZEIT UM HILFE BITTEN.

WENN DIE ZEIT KOMMT UND DU DEIN DORF WIE-DERAUFBAUEN WILLST, DANN STEHT DIR DIE KÖNIGSFAMILIE MENDILIBAR ZUR SEITE.

FREUT MICH, EUCH KENNEN-ZULERNEN, EHRENWERTER GERBERGA.

GACK コ コ ッ

JA!! WAS FÜR EINE GROSSE EHRE!

DAS HÖRT SICH DOCH GUT AN, ODER, LUCILLA?

PUUUH!

ÄH, DOCH! DENK MAL AN DIE SICHERHEIT DES PALAS-TES.

ACH, BRAUCHST DU NICHT.

DAS LOCH HIER WERDE ICH MIT MA-GIE WIEDER VERSIEGELN.

STIMMT. ICH WERDE ERIK BESCHEID SAGEN.

ACH... LUCK?

DIE EXIS-TENZ DIESES GEHEIMGANGS SOLLTE SICH KEINESFALLS RUMSPRE-CHEN.

SCHÖN, DASS DU WIEDER DA BIST.

DAS WOLLTE ICH DIR SCHON DIE GANZE ZEIT SA-GEN.

ICH FREU MICH AUCH.

TSCHAK

BZZZ

JA!

AB NACH HAUSE!

... DIE SIND SCHRECK-LICH BIT-TER, WENN SIE NOCH SO GRÜN SIND.

DIESE FRÜCHTE, DIE SIE IM KELLER BEI SICH HATTE...

KANN DIE KLEINE... NICHT VIEL-LEICHT BEI UNS ÜBER-NACHTEN?

DU, LOCK...

HM?

VIELEN DANK!

KLAR! UND MORGEN KÖNNEN WIR WEITER ÜBERLEGEN.

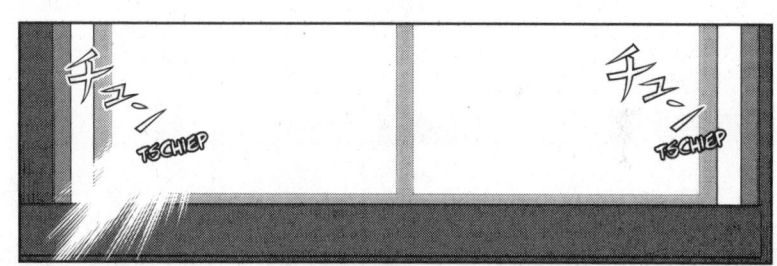

TSCHIEP

TSCHIEP

WO...

... BIN ICH?

TSCHIEP

TSCHIEP

LINS
DAS IST JA GIGANTISCH HIER!
KNURRRR
KNURRRR
?
WAR DAS GERADE MEIN MAGEN?
KNURR
HÄ?

ICH SCHMECKE NICHT!!

BITTE FRISS MICH NICHT!!

AHHH!

LOCK!!

GARB, JETZT IST ABER SCHLUSS!

AAAAAH!!

AUFHÖREN!!

JA, HAST DU FEIN GEMACHT.

WUSCHEL WUSCHEL

DU DACHTEST, DU HÄTTEST EINEN EINBRECHER GESCHNAPPT.

LOCK!!

LOB MICH!

LOB MICH!

ES WAR GESTERN SPÄT, DA KONNTE ICH DICH NICHT MEHR VORSTELLEN.

VERZEIH MIR!

Pi WÄÄÄH!

WIE GEMEIN! ICH DACHTE, DAS WÄRE MEIN ENDE!

DIE KLEINE WOHNT AB HEUTE HIER.

DARF ICH VORSTELLEN?

KLOPF KLOPF

AH, IHR KOMMT GENAU RICHTIG.

WAS SOLL DER LÄRM?

HE, WAS IST DENN HIER LOS?

F-FREUT MICH!!

DAS IST MILKA.

NATÜRLICH NUR, WENN DU WILLST.

WOHNEN?

ÄH... HÄ?

IM GEGENZUG SORGE ICH FÜR ESSEN UND KLEIDUNG.

ICH WÜRDE MICH FREUEN, WENN DU MIT IM HAUSHALT HELFEN WÜRDEST.

TOLL, LOCK, DU HAST SCHON EINEN LEHRLING GEFUNDEN!

W-WIRK-LICH?!

ICH KANN GANZ FLEISSIG ARBEITEN!!

PUH!

NA JA, EIGENT-LICH HAT SIE EHER MICH GE-FUNDEN.

LOCK, MACHST DU SCHNELL FEUER MIT MAGIE?

SIND ALLERDINGS NUR DIE RESTE VON GESTERN.

FRÜH-STÜCKEN WIR ERST MAL.

ESSEN!!

AUFGEWÄRMT IN SE-KUNDENSCHNELLE!

DARF ICH DAS AUCH ESSEN, CELERISE? DU BIST JA WIE EINE GROSSE SCHWESTER!

GUCK MAL, MILKA. DAS HIER SCHMECKT AUCH TOLL.

DANKE!!

ABER GEMÜSE MUSST DU AUCH ESSEN!

NATÜRLICH, CELERISE, MEINE GROSSE SCHWESTER!

HACH!

きゅーん

"GROSSE SCHWES- TER", SAGT SIE!!

HAPPS

HAPPS

LECKER!

HAPPS

NENN MICH NOCH MAL SO! ♡

ICH SCHAU SCHNELL BEI DER GILDE VORBEI.

ER MEINTE, ER MUSS ETWAS UNTERSUCHEN, UND IST SCHON FRÜH MORGENS AUFGEBROCHEN.

WAS MACHT GOLAN EIGENTLICH?

JA. WIR BRAUCHEN SACHEN ZUM PUTZEN UND STEINE.

LOCK, GEHEN WIR EINKAUFEN?

ALLES KLAR. DANN BIS NACHHER!

ICH ERZÄHL'S DIR AUF DEM WEG.

STEINE?

UND DA DRÜBEN PUTZZEUG.

HIER GIBT'S BAUMATERIAL.

VERGISS DAS GELD NICHT.

HE, WARTE!

ICH KAUFE ALLES, WAS MAN ZUM SAUBERMACHEN BRAUCHT.

UND NOCH EINEN BEUTEL ASCHE UND POLIERSAND UND...

ICH HÄTTE GERN ZWEI BÜRSTEN UND ZWEI MOPPS!

GRAP

LASS MICH LOS!!

ALIA! NEIN...!!

ENDLICH HABEN WIR DICH ERWISCHT!

WHUMP

AH!

ICH HAB DOCH ALLE SCHULDEN GEZAHLT!

DU ROTZGÖRE BIST EINFACH ABGEHAUEN!!

ALIA!

GRAP

FÜR DEN REST WIRST DU GEFÄLLIGST ARBEITEN!!

ALS WENN'S MIT DER BRUCHBUDE GETAN WÄRE!

IHR HABT SCHLIESSLICH DAS HAUS VON OPA EINKASSIERT!!

LOS JETZT!
SELBST EINE
DRECKSGÖRE
WIE DICH KANN
MAN AUF DEM
SKLAVENMARKT
ZU GELD MA-
CHEN!!

ÄH...

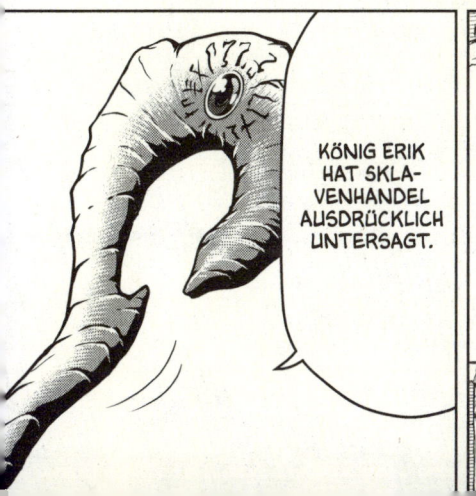

KÖNIG ERIK
HAT SKLA-
VENHANDEL
AUSDRÜCKLICH
UNTERSAGT.

WER WIDERSTAND LEISTET, MACHT BEKANNTSCHAFT MIT MEINEM FEUERBALL.

NUR ZWEI ABENTEURER, DIE ZUFÄLLIG VORBEIKAMEN.

DIESES KIND SCHULDET MEINEM BOSS EINE MENGE GELD...

BITTE. KEIN GRUND ZUR AUFREGUNG. HIER SCHEINT EIN MISSVERSTÄNDNIS VORZULIEGEN.

!!

HUI.

JA, DESWEGEN WOLLTEN WIR DIESMAL EIN AUGE ZUDRÜCKEN.

ICH DENKE NICHT, DASS JEMAND IN IHREM ALTER SCHULDEN ZURÜCKZAHLEN KANN.

DAS GELD GEHÖRT NICHT MIR!!

NEIN...

WIR HABEN SIE EBEN ERWISCHT, WIE SIE EINEN GROSSEIN- KAUF MACHEN WOLLTE...

ALLERDINGS HAT SIE WOHL GELD VOR UNS VERSTECKT.

!!

WIE AUCH IMMER... DU KANNST DEM BOSS DEINE GESCHICHTE ERZÄHLEN.

ACH, DANN HAST DU ES ALSO GEKLAUT, WAS?

...

LOS, SEI BRAV UND KOMM MIT.

ES
GEHÖRT
LOCK...

NEIN... DAS
GELD GEHÖRT
MEINEM
HERRN...

TROPF

TROPF

HM?

SO
NICHT!

ALSO
DANN...

LOS,
KOMM!

AUA!

IHR BEIDEN
SEID DOCH
SICHER
NICHT AN
SOLCHEN
GESCHICH-
TEN INTE-
RESSIERT,
ODER?

SRRRRT

... WERDEN
WIR ERST
RECHT
NICHT
WEGSE-
HEN!

NACHDEM
DIESER
NAME
GEFALLEN
IST...

KAPITEL 12

STOPP!
SONST MACH
ICH HACK-
FLEISCH AUS
DER GÖRE!!

NANU!

DA HAT
JEMAND
MITTEN IN
DER STADT
MAGIE EIN-
GESETZT!!

TAP

WAS IST
DENN
LOS?

OH
NEIN!!

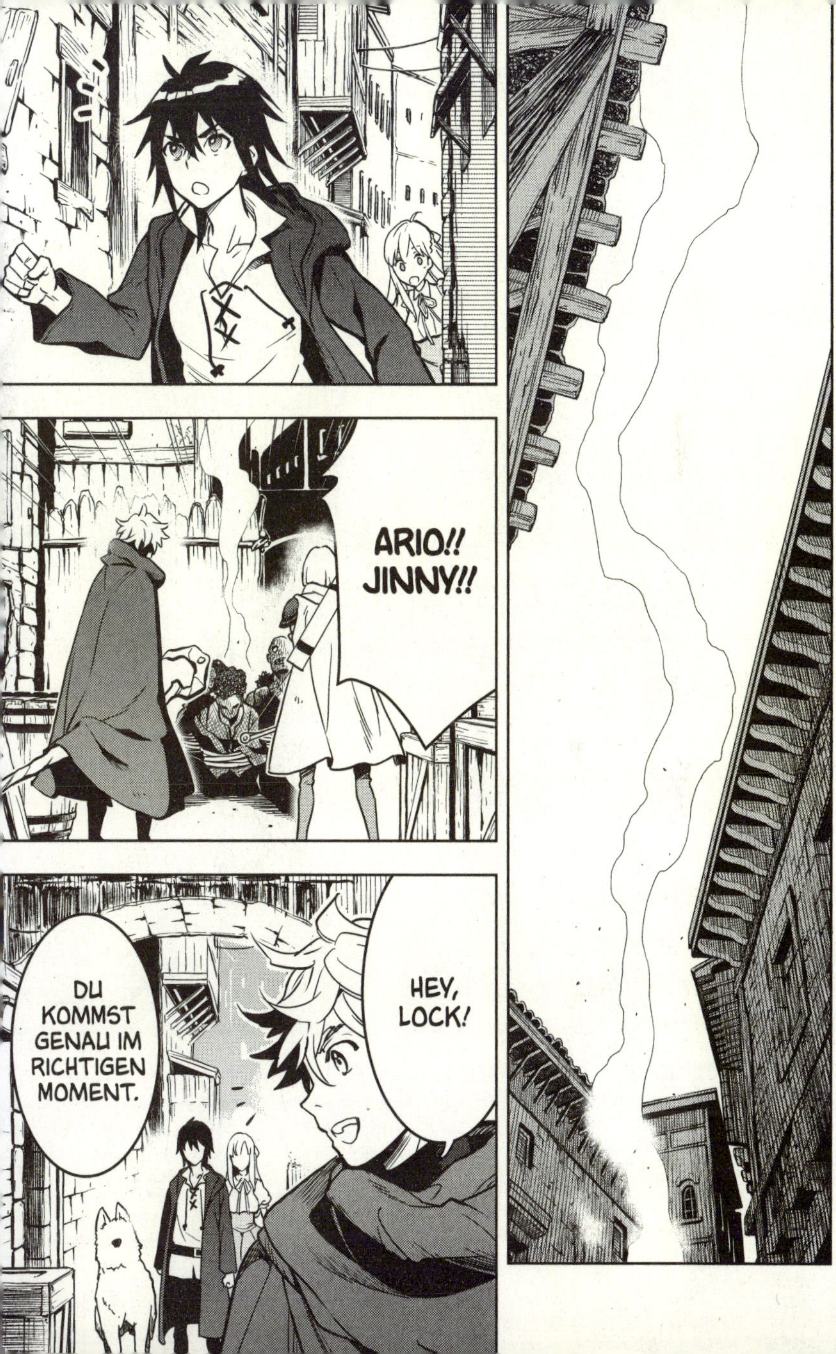

ARIO!!
JINNY!!

DU
KOMMST
GENAU IM
RICHTIGEN
MOMENT.

HEY,
LOCK!

SIE HABEN VERSUCHT, DAS MÄDCHEN ZU ENTFÜHREN.

WAS SIND DENN DAS FÜR KERLE?

RAUCH

RAUCH

ZUCK

ALLES OKAY?

MILKA!!

TROPF
ホロ

TROPF
ホロ

LOCK...

ENT-SCHUL-DIGE...

ICH WOLLTE DIR KEINE PROBLEME MACHEN...

ES TUT MIR SO LEID... ICH WUSSTE NICHT, DASS ICH IMMER NOCH SCHUL-DEN HABE...

ICH BIN MIR ZIEMLICH SICHER, DASS DAS NICHT LEGITIM IST.

DER BOSS DIESER KERLE WILL DIE KLEINE ANSCHEINEND VERKAUFEN, UM IHRE SCHULDEN ZU BEGLEICHEN.

WAS BEDEUTET DAS?

...

RUBB

RUBB

WAS GEHT HIER VOR?

ZURÜCK-TRETEN!

AH, DA SIND SCHON DIE BEAMTEN!

BRODEL! BRODEL!

DIE WERD ICH DEM ARM DER GERECHTIG-KEIT ÜBER-GEBEN!!

WER TUT MEINER ARMEN MILKA SO ETWAS AN...?!

HÄ?

SCHAFFST DU DAS ALLEIN?

ÜBERLASST DAS MIR!!

ICH WERDE DIE SITUATION ERKLÄ-REN!!

KLAR, SIE HAT BEI IHREM DEBÜT ALS F-RANG-KRIE-GERIN GLEICH EINEN HÖHER-KLASSIGEN VAMPIR BESIEGT. SIE IST BERÜHMT!

DU HAST VON IHR GEHÖRT?

AH...

ACH, SIE IST DAS?

SIE KRIEGT DAS HIN.

KEINE SORGE! SIE IST DIE TOCHTER DES GILDEN-MEISTERS GOLAN MORTON.

WAHNSINN!

ÄH... JA...

DU KENNST ECHT SO VIELE BERÜHMTE LEUTE!

SHIA HAT MAN WOHL AUCH FÜR IHRE VERDIENSTE BEIM KAMPF GEGEN DEN VAMPIRKÖNIG GEADELT.

GAR NICHTS PASSIERT HIER!

WAS IST PASSIERT?

...

...!!

ENTSCHULDIGUNG. MEINE ERKLÄRUNGEN REICHEN OFFENBAR NICHT.

WAS HAT DAS ZU BEDEUTEN?

ICH BIN SO SAUER!!

SIE WOLLEN DIE KERLE NICHT FESTNEHMEN!!

SELBST WENN WIR SIE EINSPERREN, SIND SIE SCHNELL WIEDER AUF FREIEM FUSS.

WELCHER BOSS...?

DIE KERLE DA DRÜBEN SIND NUR EINFACHE HANDLANGER. IHR BOSS IST ES, DER UNS KOPFZERBRECHEN BEREITET.

KABINO ...

SEIN NAME IST KABINO DONOVAN, EIN ÄUSSERST EINFLUSSREICHER MANN.

EIN GROSSES TIER, DAS DIE UNTERSTADT IN DER HAND HAT UND GEGEN DEN SELBST WIR VON DER POLIZEI MACHTLOS SIND.

DOCH ER HAT GUTE VERBINDUNGEN ZUM ADEL, SODASS ES SCHWIERIG IST, EINEN HAFTBEFEHL FÜR IHN ZU KRIEGEN.

DAS MÄDCHEN HAT UNS GERADE ERKLÄRT, DASS KABINO MENSCHENHANDEL BETREIBT.

SELBST DAS WÜRDE NICHT AUSREICHEN.

EIN HIEB- UND STICHFESTER BEWEIS IST ALSO NÖTIG?

ABER KURZ VOR SEINER FESTNAHME HABEN UNS DIE DA OBEN EINEN STRICH DURCH DIE RECHNUNG GEMACHT.

WIR HATTEN IN DER VERGANGENHEIT BEREITS BEWEISE FÜR SEINE ÜBLEN GESCHÄFTE GESAMMELT.

RICHTIG. DAHER KÖNNEN WIR AUF OFFIZIELLEM WEGE NICHTS TUN.

AUSSERDEM HAT ER SICH EINE PERSÖNLICHE LEIBGARDE AUS ABENTEURERN GESCHAFFEN...

DIESER KABINO SCHMIERT DIE HOHEN POSTEN BEI DER POLIZEI?

...

ABER DAS SIND WOHL ÜBER DREISSIG LEUTE!!

WAS?

ACH, MIT DENEN WÜRDE ICH SCHON FERTIGWERDEN.

?!

WENN'S WEITER NICHTS IST...

ER WOLLTE EINER SACHE NACHGE-HEN...

HU? WO IST DENN LOCK HIN?

WIR SOL-LEN SCHON MAL ZUR GILDE VOR GEHEN.

AUCH DIE
STRASSEN
SIND NICHT
MEHR GE-
PFLASTERT.

VERLÄSST MAN
DAS STADTZENT-
RUM DURCH DAS
NÖRDLICHE TOR,
SIEHT MAN KAUM
NOCH HÄUSER
AUS STEIN.

DIE SOGE-
NANNTE
UNTERSTADT,
DIE AUSSER-
HALB DER
STADTMAU-
ERN LIEGT...

...

... ABER IN LETZTER ZEIT VERSCHWINDEN STÄNDIG KINDER.

JA. KEINE AHNUNG, OB KABINO DA SEINE FINGER IM SPIEL HAT...

DIE KINDER?

ICH AHNE SCHLIMMES.

SIE MEINTEN JA, DASS MILKA AUCH FAST AUF DEM SKLAVENMARKT GELANDET WÄRE.

DIE RESIDENZ KABINO...

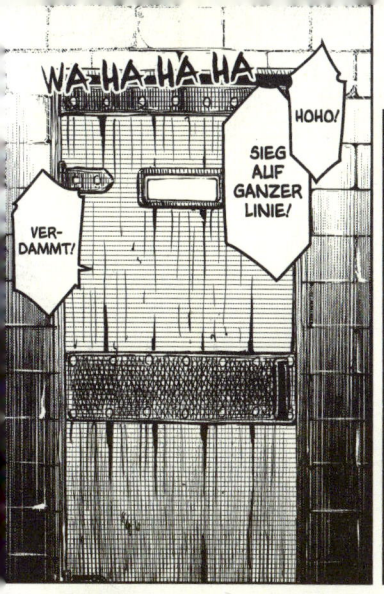

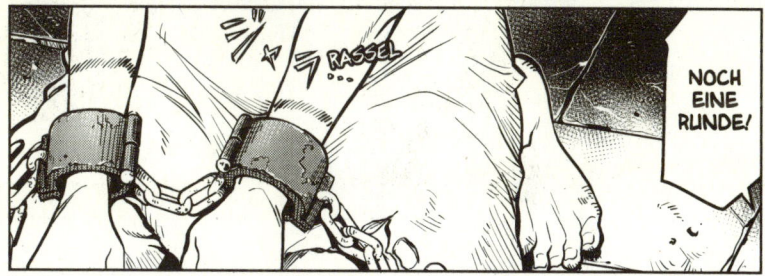

DIESE SCHWACHKÖPFE! DABEI STEHT UNS EIN GROSSER HANDEL KURZ BEVOR!

SIE SIND VERMUTLICH MIT EINIGEN ABENTEURERN VOM RANG F ANEINANDERGERATEN...

WAS SAGST DU DA?!

WAS IST MIT DEM SCHINKEN?

IST FERTIG.

WIR HABEN GENUG BEISAMMEN. SOLLEN WIR DIE WARE ERST MAL AUSLIEFERN?

DIE UNTERSTEHEN DIESEM FÜRSTEN MORTON.

DIE POLIZEI HABEN WIR IN DER HAND, ABER DIE ABENTEURERGILDE IST EIN PROBLEM.

UND WANN ZIEHEN WIR LOS, LOCK?

NATÜRLICH!!

DU BIST JA FEUER UND FLAMME, CELERISE.

FLACKER

FLACKER

ACH WAS!

ICH FREUE MICH WIRKLICH, DASS DU DICH SO FÜR MICH EINSETZT, ABER... ICH WILL NICHT, DASS DU DICH MEINETWEGEN IN GEFAHR BEGIBST...

SCHLÜRF

DEM WERD ICH'S ZEIGEN!!

SCHLIESSLICH GEHT'S UM DEN KERL, WEGEN DEM DIE ARME MILKA SO LEIDEN MUSSTE!

WAS WERDET IHR TUN, ARIO?

NENN MICH AUCH WEITERHIN GROSSE SCHWESTER, JA? ♥

MACH DIR KEINE SORGEN! DEINE GROSSE SCHWESTER IST ZIEMLICH STARK!!

DU BIST SO SÜSS, MILKA!!

AUSSERDEM SIND WIR DIR JA NOCH WAS SCHULDIG.

WIR WERDEN JETZT BESTIMMT NICHT EINFACH ABSPRINGEN.

LOCK?

SIEHT AUS, ALS WÄREN DIE HÄUSERRÄUMUNGEN, DIE KABINO VERANLASST HAT, TATSÄCHLICH NICHT RECHTENS GEWESEN. DIE DOKUMENTE SIND GEFÄLSCHT.

WAS GIBT ES DENN, ALLONE?

VIELEN DANK, LIEBE FRAU REZEPTIONISTIN!

SIEHST DU, MILKA!? GLÜCK GEHABT!

SEI UNBESORGT.

DU BIST GESETZLICH AUF KEINEN FALL ZUM ABZAHLEN IRGENDWELCHER SCHULDEN VERPFLICHTET, KLEINE MILKA.

ABER NEIN! ICH FÜHLE MICH IMMER NOCH ETWAS SCHULDIG WEGEN DER SACHE MIT DEN GOBLINS DAMALS.

TUT MIR LEID WEGEN DER EXTRAARBEIT.

WIR VON DER GILDE SEHEN DAS SCHON LÄNGER ALS PROBLEM AN.

ER HEUERT ABTRÜNNIGE ABENTEURER AN UND BAUT SICH EINE PRIVATARMEE AUF.

BLINZEL

BLINZEL

?

AUSSERDEM KANN ICH ALS ANGESTELLTE DER GILDE NICHT GUTHEISSEN, WAS DIESER KABINO TREIBT.

AH!

NA, WENN DAS SO IST...

NATÜRLICH UNTERSTÜTZEN WIR EUCH NACH KRÄFTEN!

ES IST ALSO EIN GESCHENK DES HIMMELS FÜR UNS, WENN IHR EUCH DARUM KÜMMERT.

IN DIESEM FALL MÖCHTEN WIR UNS GERN ANSCHLIESSEN.

ICH HABE ALLE
POLIZISTEN ZU-
SAMMENGETROM-
MELT, DENEN ICH
ABSOLUT VER-
TRAUEN KANN.

DER MANN VON VORHIN!

JA, VIELLEICHT.
ABER WENN WIR
KABINO DINGFEST
MACHEN KÖN-
NEN, IST ES MIR
DAS WERT.

GEFÄHRDET DAS NICHT EURE BEFÖRDERUNG?

BIN SCHLIESS-LICH VOM RANG E!

ICH WÜRD MICH DER SACHE AUCH ANNEHMEN!

ÄH-HEM.

ガタ

RATTER

KLAR DOCH!

SHIA!

KÖNNEST DU UNS HELFEN?

DU KOMMST WIE GERUFEN!

ACH WAS, DEN GROSSTEIL DER ARBEIT HAT LOCK GEMACHT.

HAB VON DEINEN GROSSEN ERFOLGEN GEHÖRT!

SHIA! SCHÖN, DICH ZU SEHEN!

KLACK

BRÖSEL

ハァー

VERSTANDEN!

ALLES KLAR!

ALSO, AUF GEHT'S! ICH ERKLÄRE EUCH DEN PLAN AUF DEM WEG!

LOS, BEWEGT EURE FÜSSE!

HE, DAS GEPÄCK MUSS RAUS!

WANK

WANK

AUF DEN PFERDE-WAGEN MIT DEN BLAGEN!

AH!

HIER-GEBLIE-BEN!!

!!

TAP

WHOOSH

BITTE HELFT UNS! DIE WOLLEN UNS OPFERN!!

WAS SOLL DAS?

!!

FOMM

FOMM

KEINE ANGST! JETZT BIST DU IN SICHERHEIT.

BRÖCKEL

WWUMP

ICH BIN LOCK, EIN F-RANG-ABENTEU-RER-VE-TERAN!!

AUF IHN!!

SOLL DAS EIN WITZ SEIN?!

BÄM

ANGRIFF!!

SO LÄUFT DAS IMMER.

JA, JA.

HE HE

TRAMPEL

NA, NA, WILL DA ETWA JEMAND ABHAUEN?

VER-FLUCHT STARK!!

MIST! WAS IST DENN DAS FÜR EINER?

WAS SOLL'S?! VERSCHWINDE HALT!

IST SCHLIESS-LICH DEIN JOB, KABINO ZU BESCHÜT-ZEN, ODER?

KLEINER F-RANG-TYP!

JETZT KRIEGST DU'S MIT UNS ZU TUN!

DIE SCHÜLERIN EINES F-RANG-ABENTEURERS? DASS ICH NICHT LACHE!!

HA, HA, HA!

DAS ÜBERNEHME ICH, SEINE SCHÜLERIN!

WROOOOAW

WILLST DU MIT UNS SPIELEN, MÄDCHEN?

DU BIST SCHWÄCHER ALS EIN UNTER-KLASSE-VAMPIR!

UND DU, BIST DU WIRKLICH VOM RANG B?

KING KLING

...

KLONG

...

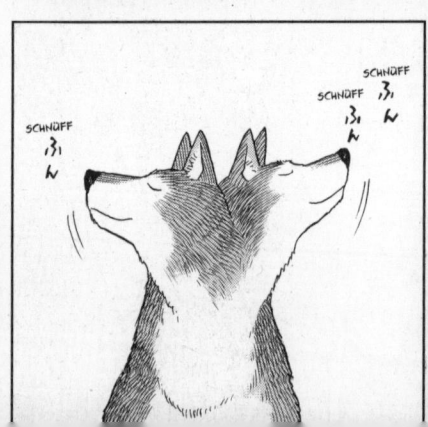

SCHNÜFF

SCHNÜFF

SCHNÜFF

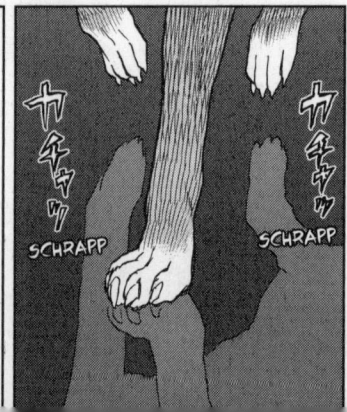

SCHRAPP

SCHRAPP

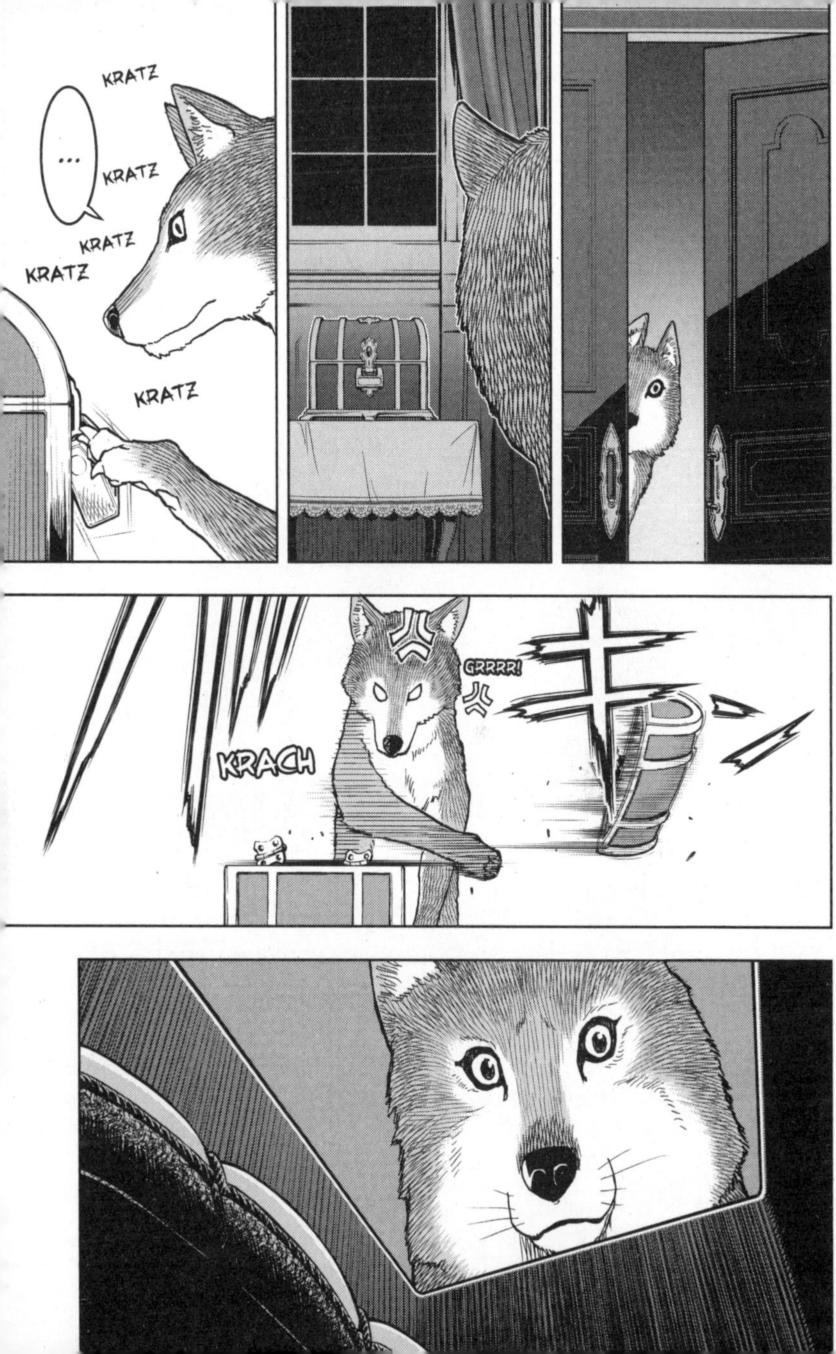

KRATZ

... KRATZ

KRATZ

KRATZ

KRATZ

KRACH

GRRRR!

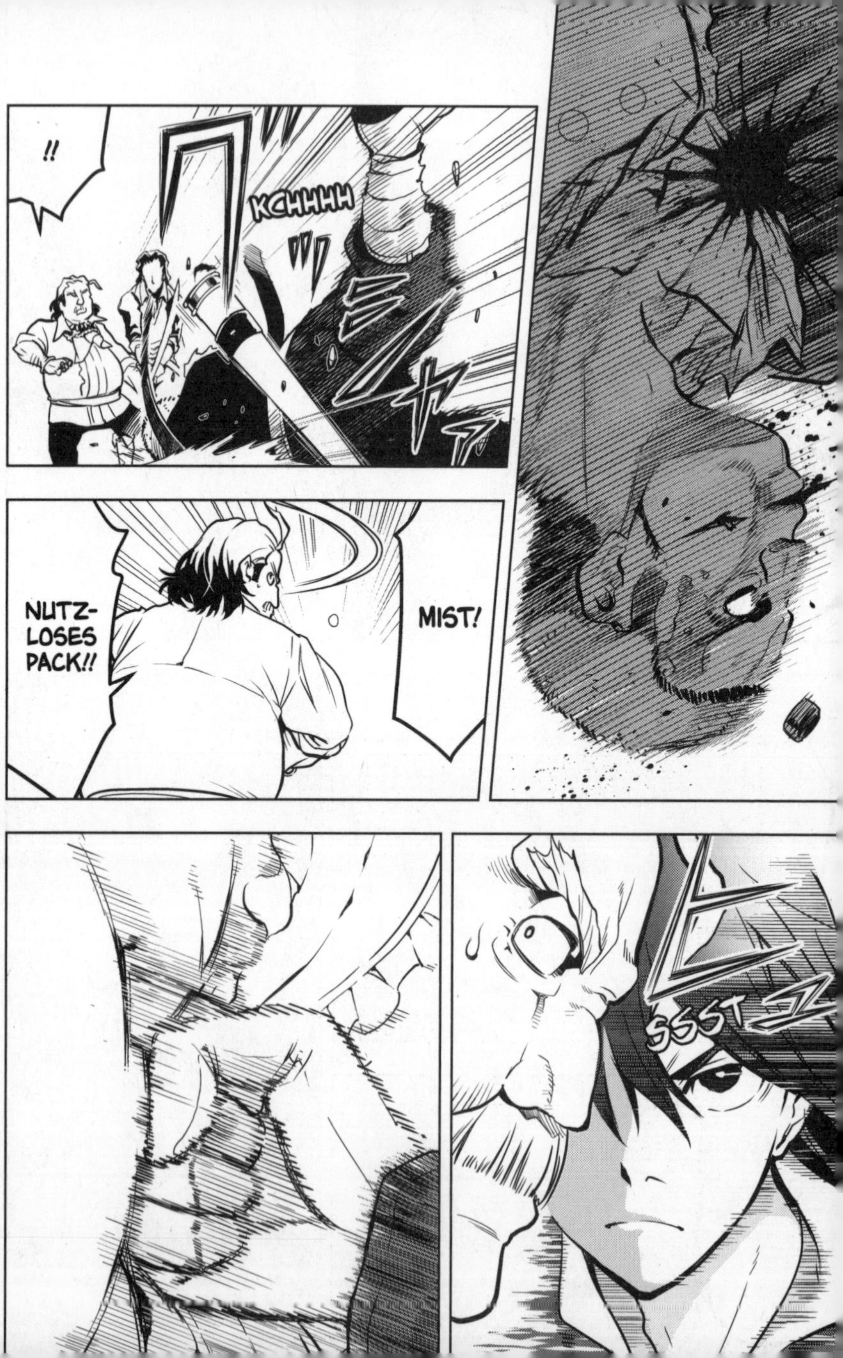
!!
KCHHHH
NUTZ-
LOSES
PACK!!
MIST!
SSST

WHOM

KABINO!!

ZUR STRAFE, WEIL DU MILKA SO ÜBEL MIT-GESPIELT HAST!

SPLASH

SPLASH

KRACH

...WAGST ES...!!

DU...

HEY, HÖRST DU MIR ÜBERHAUPT ZU?

VIELE HOCHRANGIGE ADELSFAMILIEN STEHEN HINTER MIR!!

AH, JA, JA.

ICH WERD EUCH ALLESAMT AUSLÖSCHEN

DAS GEHÖRT DOCH KABINO!

GARB, DU KANNST DOCH NICHT EINFACH SACHEN VON ANDEREN LEUTEN MITGEHEN LASSEN.

ICH BIN DER WAHRE HERRSCHER ÜBER DIESE STADT!

SAGT NICHT, ICH HÄTTE EUCH NICHT GEWARNT!

OHA!

AUF DIESEM FLEISCH LIEGT EIN FLUCH!

HM...?

GI...

GENAU WIE VERABREDET ...

HIER IST DIE POLIZEI!!

WAS GEHT HIER VOR?

GIB DAS HER!!

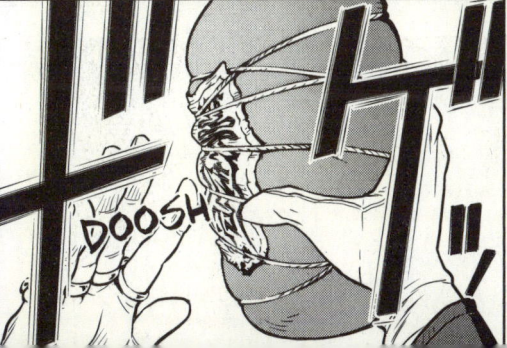

DOOSH

WHOM

IST DAS ETWA EIN VERBOTENER SCHINKEN?

!!

SPRITZ

DAS IST KEIN EINFACHER SCHINKEN. ES HEISST NUR SO, WEIL SEINE FORM EINEM ECHTEN ÄHNELT.

ES GIBT VER- BOTENEN SCHINKEN?

DAS IST DAS FLEISCH EINES SAKRALTIERS.

!!

RICHTIG. ODER WIE EIN EINHORN ODER EIN PEGASUS.

EINES SAKRAL-TIERS WIE GARB...?

HECHEL

HECHEL

ES SOLLTE SICHER IN EINEM GROSS ANGELEG-TEN RITUAL VERWENDET WERDEN.

ZUDEM WURDE DIE-SES HIER AUF SCHÄNDLICHE ART UND WEISE GETÖTET, UM IHM EINEN FLUCH AUFZUERLEGEN.

KANN MIR IRGENDWIE NICHT VORSTELLEN, DASS EIN HAMPELMANN WIE DER HIER FÜR SO WAS VERWEN-DUNG HAT.

WAS DENN FÜR EIN RITUAL?

STIMMT.

WIR MÜSSEN ABWARTEN, WAS ER IM VERHÖR AUSSAGT.

DA MUSS NOCH JEMAND IM HINTERGRUND AGIEREN.

WIR WERDEN DIE HINTERGRÜNDE SEINER TATEN GENAUSTENS UNTERSUCHEN.

FANTASTISCH! JETZT HABEN WIR ALLE BEWEISE IN DER HAND, DAMIT KABINO DEN REST SEINES LEBENS HINTER GITTERN VERBRINGEN MUSS.

?

ODER WOLLTE ER DAS DING VIELLEICHT EINFACH NUR FRESSEN...?

WUFF ♪

JA, FEIN!

WUSCHEL WUSCHEL

GROSSARTIGE ARBEIT, GARB!

VIELEN DANK...!!

WIE IST... EUER NAME...?

ARIO, JINNY! GUT GEMACHT!

ALLE DA!

HE! WIR HABEN ALLE KINDER BEFREIT!

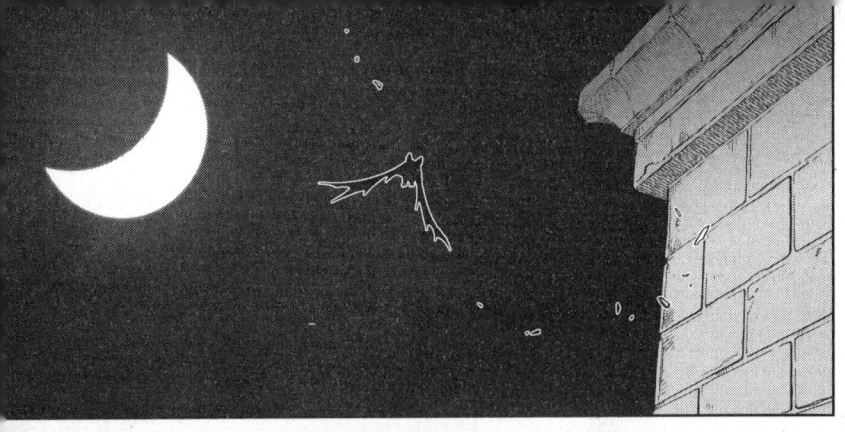

SQEEK

SQEEK

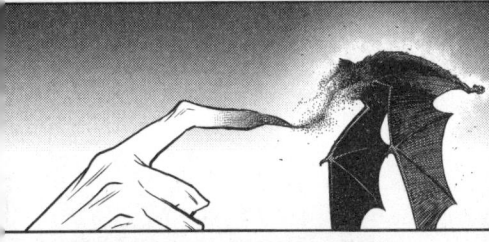

SO,
SO...

„LOCK"
HEISST
ER
ALSO...

INTERES-
SANT...

EUER
EHREN.

AH...

GRAP

ES IST ZEIT FÜR EURE MAHLZEIT.

NEEEEIIIIN!!

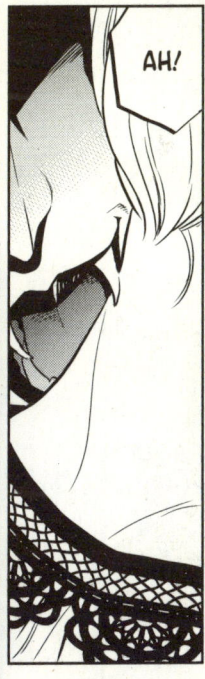

AH!

NEIN...

NICHT
...

...

...

ES TUT
MIR
LEID.

ES TUT
MIR SO
LEID...

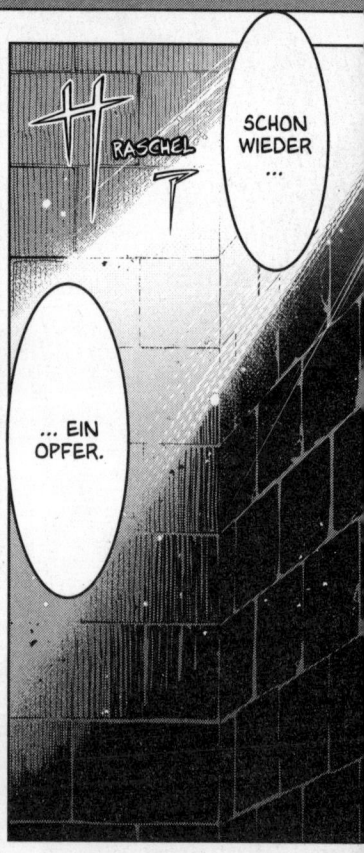

RASCHEL

SCHON
WIEDER
...

... EIN
OPFER.

174

ICH KÄMPFTE ZEHN JAHRE ZWISCHEN DEN
DIMENSIONEN UND KEHRTE ALS LEGENDE ZURÜCK – BAND 4 – ENDE

DIE VERANTWORT-
LICHE FRAU I. IST
EINE STRAHLENDE
(SEHR NIEDLICHE)
MITTZWANZIGERIN,
DIE MIR IMMER VIELE
HINWEISE AUS FRAU-
ENSICHT GIBT.

SCHÖN FÜR MICH!

EIN ALTER
MANN ALS
HELDIN...

AVANT-
GARDIS-
TISCH!

HM...

GOLAN
IST DIE
PERFEKTE
BESETZUNG
DER HELDIN!

SO WEICH,
SO NETT
UND
STARK!

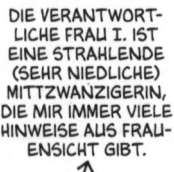

DIE VERBRECHE-
RIN VERFECHTE-
RIN DER THESE,
DASS DIE HELDIN
VON „ICH KÄMPF-
TE ZEHN JAHRE"
IN WAHRHEIT
GOLAN IST.

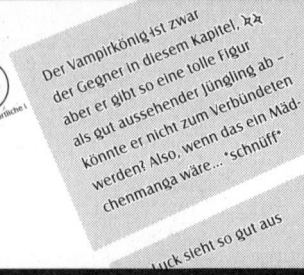

Der Vampirkönig ist zwar
der Gegner in diesem Kapitel, ☆☆
aber er gibt so eine tolle Figur
als gut aussehender Jüngling ab –
könnte er nicht zum Verbündeten
werden? Also, wenn das ein Mäd-
chenmanga wäre... *schnüff*

Luck sieht so gut aus

KAPITEL 9 IN BEARBEITUNG

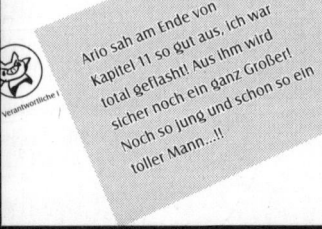

Ario sah am Ende von
Kapitel 11 so gut aus, ich war
total geflasht! Aus ihm wird
sicher noch ein ganz Großer!
Noch so jung und schon so ein
toller Mann...!!

KAPITEL 11 IN BEARBEITUNG

... ER IST
MÄNNLICH,
ODER WAS?!

HAUPT-
SACHE...

EIN WOLF, DER ÜBER DAS HAUS SEINES GELIEBTEN LUCK WACHT.

ICH BIN GARB.

JETZT BIN ICH GEFRAGT!

SCHNAPP

AH, EIN VAMPIR!

IN LETZTER ZEIT WUSELT HIER STÄNDIG EIN KLEINES LEBEWESEN HERUM.

BLÄRKS

BLÄRKS

WERDEN IMMER SOFORT ZU ASCHE UND SCHMECKEN NICHT.

PRÖSEL

ICH HASSE VAMPIRE.

WÄSCHE!

WÄSCHE!

URGH!

FUTTER?

ZITTER

ZITTER

ZITTER

SABBER

EIN KLEINER HAPPS WIRD DOCH GESTATTET SEIN...!?

KNURR

EGMONT

www.egmont-manga.de
facebook.com/EgmontManga
instagram.com/EgmontManga
twitter.com/EgmontManga

Adachitoka
Noragami

Fantasy/SF

Ein Gott für alle Fälle!

Schluchzend sitzt Mutsumi auf der Schultoilette und weiß nicht, wie sie das Mobbing ihrer Mitschüler noch länger ertragen soll. Da fällt ihr Blick auf eine Telefonnummer an der Wand, die Hilfe verspricht. Sie wählt und plötzlich erscheint vor ihr ein Junge. Der selbsternannte, freche Gott Yato bietet seine Hilfe an, allerdings nicht ohne Hintergedanken. Denn Yato braucht Leute, die an ihn glauben, um ein echter Gott zu werden. Allerdings hat letztens seine „göttliche Waffe" gekündigt, weil sie es nicht mehr mit ihm aushielt. Kann Yato überhaupt jemanden von sich überzeugen?

Noragami
Band 1 ISBN 978-3-7704-7944-3
€ 7,50 [D]

MANGA
漫画
EGMONT

EGMONT

www.egmont-manga.de
facebook.com/EgmontManga
instagram.com/EgmontManga
twitter.com/EgmontManga

Fantasy

Kamome Shirahama

ATELIER OF WITCH HAT

Als Hexe wird man geboren! Coco wurde leider nicht als Hexe geboren, aber sie will trotzdem eine sein. Als eines Tages ein Zauberer in ihrem Dorf auftaucht, kann sie ihr Glück kaum fassen. Sie folgt ihm auf Schritt und Tritt... und begeht dadurch einen schrecklichen Fehler!

Atelier of Witch Hat
Das Geheimnis der Hexen
Band 1 ISBN 978-3-7704-9961-8
€ 7,00 [D]

MANGA
漫画

EGMONT

EGMONT

www.egmont-manga.de
facebook.com/EgmontManga
instagram.com/EgmontManga
twitter.com/EgmontManga

Action

Reiji Miyajima

TALE OF THE DEMON HANDS

„Hüte dich vor der dämonischen Bestie, die hier ihr Unwesen treibt!" Gerade erst in der Großstadt Edo angekommen will sich Kota ihre Reiselust durch dieses sonderbare Gerücht nicht nehmen lassen. Als sie jedoch von skrupellosen Banditen gefangen genommen wird, stellt sie fest: die Bestie ist kein Tier, sondern ein Mensch!

Tale of the Demon Hands
Band 1 ISBN 978-3-7704-2703-1
€ 7,50 [D], € 7,80 [A]

MANGA
漫画

EGMONT

EGMONT

www.egmont-manga.de
[f] facebook.com/EgmontManga
[o] instagram.com/EgmontManga
[y] twitter.com/EgmontManga

Hidenori Yamaji
MARRY GRAVE

Die Suche nach dem legendären Totenrezept!

Riseman Sawyer – Abenteurer, Vagabund und Spinner – will nur eines: Seine verstorbene Frau wieder zum Leben erwecken! Dafür macht er sich auf die beschwerliche Suche nach den seltenen Zutaten des legendären Totenrezepts. Selbst mordende Orks, verlogene Hexen und kaltblütige Schwarzelfen können ihn nicht aufhalten. Riseman trägt seine Rosalie tapfer in einem Sarg von Zutat zu Zutat, denn seine Liebe geht über den Tod hinaus!

Marry Grave
Band 1 ISBN 978-3-7704-5792-2
€ 7,00 [D]

EGMONT

www.egmont-manga.de
facebook.com/EgmontManga
instagram.com/EgmontManga
twitter.com/EgmontManga

Action

Tatsuki Fujimoto
CHAINSAW MAN

Denjis größter Wunsch ist es, ein ganz normales Leben zu führen. Doch er hat von seinem Vater nichts als Schulden bei der Mafia geerbt. Als Denji dem kleinen Teufel Pochita das Leben rettet, schenkt dieser ihm die Fähigkeit, sich in den Chainsaw Man zu verwandeln. Es dauert nicht lange, bis die Regierung auf den Jungen mit der Kettensäge als Kopf aufmerksam wird...

Chainsaw Man
Band 1 ISBN 978-3-7704-2847-2
€ 7,00 [D]

MANGA
漫画

EGMONT

„Ich kämpfte zehn Jahre zwischen den Dimensionen und
kehrte als Legende zurück 04"
von Ezogingitune, Chaco Abeno und Kitsune Tennoji
Aus dem Japanischen von Tabea Kamada
Originaltitel: „Koko wa Ore ni Makasete Saki ni Ike to Ittekara
junen ga Tattara Densetsu ni Natte Ita." Vol. 04

Originalausgabe:
KOKO WA ORE NI MAKASETE SAKI NI IKE TO ITTEKARA
JUNEN GA TATTARA DENSETSU NI NATTE ITA. Vol. 4
©Ezogingitune/SB Creative Corp.
Original Character Designs:©DeeCHA/SB Creative Corp.
©2020 Chaco Abeno, Kitsune Tennoji/SQUARE ENIX CO., LTD.
First published in Japan in 2020 by SQUARE ENIX CO., LTD.
German translation rights arranged with SQUARE ENIX CO., LTD and EGMONT
VERLAGSGESELLSCHAFTEN mbH through Tuttle-Mori Agency, Inc.

Deutschsprachige Ausgabe:
© 2022 Egmont Manga
verlegt durch Egmont Verlagsgesellschaften mbH,
Alte Jakobstr. 83, 10179 Berlin

2. Auflage 2022
Verantwortliche Redakteurin: Luisa Steinhäuser
Redaktion: Etsche Hoffmann-Mahler
Gestaltung: Anke Koopmann
Koordination: Angelika Schönhuber
Printed in the EU
ISBN 978-3-7704-4294-2

www.egmont-manga.de
Unsere Bücher findest du im Buch- und Fachhandel und auf

www.egmont-shop.de

Die Egmont Verlagsgesellschaften gehören als Teil der Egmont-Gruppe zur
Egmont Foundation - einer gemeinnützigen Stiftung, deren Ziel es ist, die sozialen,
kulturellen und gesundheitlichen Lebensumstände von Kindern und Jugendlichen zu
verbessern. Weitere ausführliche Informationen zur Egmont Foundation unter
www.egmont.com

SUTOPPU!

Koko wa kono manga no owari dayo.
Hantaigawa kara yomihajimete ne!
Dewa omatase shimashita!
Tanoshii hitotoki wo dozo!

Egmont-Manga-Chiimu

STOPP!

Das ist der Schluss des Mangas.
Fangt bitte am anderen Ende an!
Und nun genug der Vorrede,
viel Spaß beim Lesen!

Euer Egmont-Manga-Team